用4格爆笑漫畫完記單字與句子

爆笑英語王

Shin Tae Hoon / Na Seung Hun 著・Joyce Song 審訂

第2彈

CONTENTS 目錄 ......

第 1 彈

Picture Words

手機掃描 QR Code 即可進入 MP3
音檔選項，內容為每個四格漫畫最
上方主要單字、主要例句，以及
Picture Words 單元的道地發音音
檔，點選各分類音檔即可聆聽。

第 2 彈

Picture Words

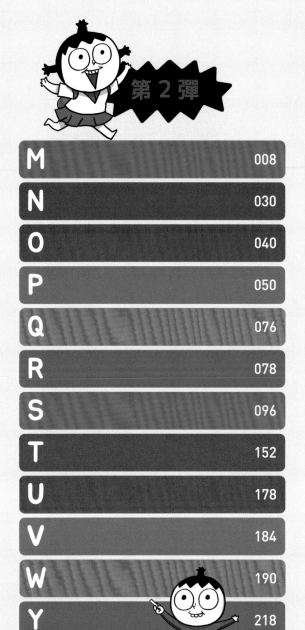

CHARACTERS 人物介紹

FAMILY

夫婦

爺爺　　　　奶奶

夫婦

爸爸（鄭科長）　　　媽媽

兄妹

堂兄弟姊妹

鄭信　　　珠理　　　鄭九

BUGS

鄭蜜蜂

瑪雅

紡織娘

金龜子

鄭信

朋友們

愛麗絲
(Alice)

大宅男

約翰
(John)

鮑伯
(Bob)

珠理

朋友們

第一名

超強女

南勳

金工哲老師

鄭科長

公司
同事們

金會長

崔社長

惡副理

鄭九

朋友們

媽媽

婦女聯盟
聚會

哲洙媽

偶像 鄉村五

金催眠

羅威脅

machine

名 機器

How do I use this **machine**?
這台機器要怎麼使用？

mad

形 生氣的、發怒的

Are you still **mad** at me?
你還在生我的氣嗎？

magic

名 魔法、魔術

You used **magic**.
你施了魔法。

mail

名 郵件、郵遞、郵政

There is **mail** for you.
有你的郵件。

make

動 做、製造

I will **make** cookies.
我要做餅乾。

man

名 男人、人

Look at that **man** over there.
看那邊的那個男人。

many

形 許多的、多的

Do you have **many** friends?
你有很多朋友嗎？

map

名 地圖

Let's find the city on the **map**.
讓我們在地圖上找一下那個城市吧！

market

名 市場

Mom went to the **market**.
媽咪去市場了。

marry

動 結婚

Will you **marry** me?
你願意和我結婚嗎？

mathematics

名 數學　(同義字) math

She's good at **mathematics**.
她的數學很好。

matter

名 問題、事情

What's the **matter**?
怎麼了？

maybe

副 大概、或許、可能

Maybe he's not home.
他可能不在家。

meal

名 一餐、膳食

I had a nice **meal** yesterday.
我昨天吃了很棒的一餐。

mean

動 表示…意思

What does this **mean**?
這是什麼意思？

meat

名 肉

She doesn't eat **meat**.
她不吃肉。

medicine

名 藥

Take this **medicine**.
吃這個藥。

meet

動 見面、相遇

Let's **meet** at three o'clock.
我們三點見。

memory
名 記憶（力）、記性

You have a bad **memory**.
你的記性還真差。

message
名 訊息、口信

Can I leave a **message**?
我可以留言嗎？

middle

名 中間、中央

What are you doing in the **middle** of the night?
大半夜的你在做什麼？

mind

名 精神、心

Tell me what you have in **mind**.
告訴我你心裡的想法。

minute

名（時間單位）分鐘、一會兒、片刻

Wait a **minute**.
等一下。

mirror

名 鏡子

You look at the **mirror** all day.
妳照了一整天鏡子。

miss

動 錯過

I **missed** the last bus.
我錯過了最後一班公車。

mistake

名 失誤、錯誤

It's okay to make a **mistake**.
做錯了也沒關係。

mix

動 使混合、使調和

I'll **mix** the flour and water.
我將會把麵粉和水混合。

model

名 模型、模特兒

I'm making a **model** airplane.
我正在做飛機模型。

money

名 錢

Can I have pocket **money**, please?
拜託，可以給我零用錢嗎？

month

名 ～個月、～月

He lived in New York for six **months**.
他在紐約住了 6 個月。

moon

名 月亮

Make a wish to the **moon**.
向月亮許願。

morning

名 早上、早晨

You look good this **morning**.
妳今天早上的心情看起來真好。

mother

名 媽媽、母親

What does your **mother** do?
妳媽媽做什麼工作？

mountain

名 山

They are on top of the **mountain**.
他們在山頂。

mouth

名 嘴巴

Open your **mouth**.
張開你的嘴巴。

move

動 移動

I can't **move** my legs.
我的腿動不了了。

movie

名 電影

Let's go to the **movies**.
我們去看電影吧！

much

形 許多、大量的　副 很、非常

I don't have **much** time.
我沒有太多時間。

music

名 音樂

I want to listen to **music**.
我想聽音樂。

must

助 必須～、得～

You **must** go home now.
你現在得回家了。

The Bathroom 浴室

shower
淋浴

toilet paper
衛生紙

shampoo
洗髮精

toilet
馬桶

bathtub
浴缸

hairbrush
梳子

hair dryer
吹風機

cabinet
櫥櫃

towel
毛巾

bathrobe
浴袍

toothbrush
牙刷

mirror
鏡子

soap
香皂、肥皂

bath mat
浴室腳踏墊

sink
洗臉盆

toothpaste
牙膏

wastebasket
垃圾桶

The Classroom 教室

clock 時鐘

blackboard 黑板

map 地圖

eraser 板擦

chalk 粉筆

globe 地球儀

calendar 月曆

computer 電腦

bulletin board 佈告欄

MUSIC

CONCERT

poster 海報

textbook 課本

desk 書桌

ENGLISH ABC

chair 椅子

backpack 背包

locker 置物櫃

nail

名 手指甲、腳指甲

Stop biting your **nails**.
別再（停止）咬你的指甲。

name

名 名字、姓名

Don't call my **name**.
別叫我的名字。

narrow

形（範圍）狹窄的

This bed is too **narrow**.
這張床太窄了。

near

形 近的

She is **near** here.
她在這附近。

This bed is too narrow.
這張床太窄了。

你把玩具收起來就好啦。

沒有玩具陪我，我就睡不著。

Do you want to have narrow shoulders?
你想肩膀變窄一點嗎？

我…我會收的。

She is near here.
她在這附近。

嚇！

She's really near.
她非常靠近這裡。

怎麼辦！

快躲！

…跑去哪了？

neck

名 脖子、頸部

What's that on your **neck**?
你脖子上的是什麼？

need

動 必須、有～必要、需要

I **need** to get up early.
我必須早起。

neighbor

名 鄰居

This is my new **neighbor**.
這是我的新鄰居。

never

副 絕不～、從來沒有～

You **never** help me.
你從未幫上忙。

new

形 新的

I want a **new** car.
我想要一台新車。

news

名 消息、新聞

I have good **news** and bad **news**.
我有好消息和壞消息。

next

副 接下來、下次　形 下一個

What happened **next**?
接下來發生什麼事了？

nice

形 好的、體面的

You look **nice**.
你看起來很好看（帥、漂亮…）。

night

名 晚上、夜間

Don't go out at **night**.
晚上不要出去。

nobody

代 沒有人

There's **nobody** at home today.
今天沒有人在家。

noise

名（喧鬧的）聲音、噪音

Don't make **noise**.
不要發出聲音。

note

名 便條紙、筆記、記錄

I'll make a **note**.
我會寫在便條紙上（記下來）。

nothing

代 沒什麼、沒事、沒有東西

I have **nothing** to do
next weekend.
我下週末沒事做。

now

副 現在、目前、馬上

What time is it **now**?
現在幾點？

number

名 數字、號碼

What's your phone **number**?
你的電話號碼是幾號？

nurse

名 護理師、護士

That **nurse** is very kind.
那位護理師（護士）真親切。

o'clock

副 ～點

The library closes at six **o'clock**.
圖書館 6 點關門。

The library closes at six o'clock.
圖書館 6 點關門喔。

It's six o'clock now.
現在已經 6 點了。

The library closes at six o'clock.
圖書館 6 點就關門了。

明明就是妳太晚去！

哎呀！

of

介 ～的～、在～之中

One **of** you ate my pizza.
你們其中一人吃了我的披薩。

給我從實招來。

One of you ate my pizza.
你們其中一人吃了我的披薩。

是誰？究竟是誰！

不…不是我們。

是我吃掉的啊？妳有什麼不滿嗎？

沒…沒有♥

off

介 離開～、從～脫落、從～掉下

I fell **off** the bicycle.
我從腳踏車上摔下來了。

office

名 辦公室

I visited Dad's **office**.
我去了爸爸的辦公室。

0

哈哈！我來展現一下腳踏車特技給你看。

You'll fall off the bicycle.
你會從腳踏車上摔下來啦！

哈哈！別擔心！我技術可好了。

呃啊啊！

I fell off the bicycle!
我從腳踏車上摔下來了！

嗚…

唉唷。

I visited Dad's office.
我去了爸爸的辦公室。

是嗎？

怎麼樣？看到爸爸認真工作的樣子，妳也該努力用功一下吧？

……

他沒在認真工作啊…

often

副 常常、通常

You are **often** late for school.
你上學常常遲到。

oil

名 油

Add some **oil** to the pan.
加點油到鍋子裡。

old

名 老的、舊的

Grandpa's car is very **old**.
爺爺的車子很舊。

on

介 在～上面

Clean the things **on** the desk.
把桌上的東西收拾乾淨。

0

你說這次旅行你爺爺要借我們車？

嗯，他叫我們拿去用。

Grandpa's car is very old.
爺爺的車子很舊。

好，要開始考試了。

Clean the things on the desk.
把桌上的東西收拾乾淨。

……

珠理，妳的桌子到底是怎麼回事？

請再給我5分鐘就好了！

once

副 一次

Once again!
再一次！

only

副 只、僅僅

I was only ten minutes late.
我只遲到 10 分鐘而已。

open

形 打開的

The door is **open**.
門是打開的。

order

動 命令、點菜

I **order** you to sing a song.
我命令你唱一首歌。

other

形 別的、其他的

I have **other** work to do.
我還有其他事情（工作）要做。

outside

副 外面的、外部的

He's waiting for you **outside**.
他在外面等著你。

oven

名 烤箱

Do we have an **oven** at home?
我們家裡有烤箱嗎？

own

形 自己的、特有的　動 擁有

I have my **own** room.
我有自己的房間。

The Kitchen 廚房

pot 湯鍋

frying pan
平底鍋（煎鍋）

gas range
瓦斯爐

oven
烤箱

refrigerator
冰箱

microwave
微波爐

cup 杯子

cupboard
櫥櫃

teakettle
茶壺

blender
果汁機

toaster
烤吐司機

kitchen sink
廚房水槽

dishwasher
洗碗機

cutting board
砧板

bowl 碗

knife
刀子

spoon
湯匙

fork
叉子

plate 盤子

Food 食物

steak
牛排

soup
湯

salad
沙拉

rice
飯

bread
麵包

sausage
香腸

cheese
起司

fish
魚

noodles
麵

spaghetti
義大利麵

pizza
披薩

hot dog
熱狗

hamburger
漢堡

French fries
薯條

sandwich
三明治

meatball
肉丸

fried egg
荷包蛋

salt
鹽

pepper
胡椒

ketchup
番茄醬

mustard
黃芥末醬

pack

動 整理行李、包、裝

Did you **pack** your school bag?
你整理好書包了嗎？

P

paint

動 油漆、（用顏料）畫

I'm **painting** the door white.
我正在把門漆成白色的。

pair

名 一對、一雙

I bought two **pairs** of shoes.
我買了兩雙鞋子。

pants

名 褲子

Change your **pants**.
你去換條褲子。

paper

名 紙張

Do you want a **paper** bag or
a plastic bag?
您要紙袋還是塑膠袋？

parent

名 父母

I always thank my **parents**.
我總是非常感謝我的父母。

park

名 公園

Let's go for a walk in the **park**.
我們去公園散步吧！

pass

動 經過、通過、超過

Someone **passed** by me.
有人從我旁邊經過。

pay

動 支付

I'll **pay** for lunch.
午餐讓我來付吧！

peace

名 和平、平靜

We live in **peace**.
我們過著平靜的生活。

pencil

名 鉛筆

I dropped my **pencil**.
我把鉛筆弄掉了。

people

名 (複數) 人們

Lots of **people** like noodles.
很多人喜歡吃麵。

person

名 (單數) 人

I have to choose only one **person**.
我只能選擇一個人。

珠理公主，妳最愛我們當中的哪個人？

呃呃…

I have to choose only one person.
我只能選擇一個人。

I chose this person!
決定了！我要選這個人！

啊！不行！
怎麼能從夢中醒來呢！

pet

名 寵物

She has a **pet** dog.
她有一隻寵物狗。

She has a pet dog.
她有一隻寵物狗。

Her pet dog is really smart.
她的寵物狗真的很聰明。

竟然能馬上發現我沒洗澡！

pick

動 摘、採

You can't **pick** the flowers.
你不能摘花。

picnic

名 郊遊、野餐

I'll go on a **picnic** this Sunday.
我這星期天要去郊遊（野餐）。

P

picture

名 圖片、照片

Let's take a **picture** here.
我們在這裡拍張照吧！

piece

名 一塊、一張、一個

I'd like two **pieces** of cake.
我想要兩塊蛋糕。

pilot

名 駕駛員、飛行員　動 駕駛、操縱

You have to study well to be a **pilot**.
要當飛行員，就要很會讀書才行。

place

名 場所、地方

Let's find a **place** to rest.
找個可以休息的地方吧！

I want to be a pilot.
我想當飛行員。

What do you want to pilot?
你想要駕駛什麼？

飛機！！

是嗎？

那就把這些說明書全背起來吧！

You have to study well to be a pilot.
要當飛行員，就要很會讀書才行。

熱死…人了…

Let's find a place to rest.
找個可以休息的地方吧！

這裡還比較好。

plan

名 計畫　動 計畫、打算

....

I'm going to make a study **plan**.
我要來訂定讀書計畫。

I'm going to make a study plan.
我要來訂定讀書計畫。

今天吃太飽了沒辦法行動，
明天再想好了。

今天又吃太飽了所以不行。

I need to plan for my diet.
我看得先訂定減肥計畫了。

plant

動 種（植物等）

....

Dad **planted** a tree in the garden.
爸爸在庭院裡種了一棵樹。

大事不好了！　Dad planted a tree in the garden.
爸爸在庭院裡種了一棵樹。

那怎麼會大事不好？

That's because he planted the flower tree.
因為他種的是會開花的樹。

如果是蘋果樹，那就可以吃了！

plastic

名 塑膠

This cup is made of **plastic**.
這個杯子是用塑膠做的。

plate

名 盤子

He's putting salad on his **plate**.
他正把沙拉裝到盤子裡。

play

P

動 玩、玩遊戲、比賽

....

Don't **play** with each other.
你們不要一起玩了。

please

副 拜託、請

....

Please don't forget.
拜託不要忘記了。

pocket

名 口袋

What do you have in
your **pocket**?
你口袋裡有什麼？

point

名 重點、要點

That's not the **point**.
那不是重點。

P

police

名 警察

Someone call the **police**.
有人報警。

pond

名 池塘

Look at the ducks in the **pond**.
看看池塘裡的鴨子。

poor

形 貧窮的、可憐的

That **poor** cat is very thin.
那隻可憐的貓咪太瘦了。

popular

形 受歡迎的、有人氣的

This dance is very **popular** these days.
這支舞最近很受歡迎。

That poor cat is very thin.
那隻可憐的貓咪太瘦了。

This dance is very popular these days.
這支舞最近很受歡迎。

Eat this, poor cat!
可憐的貓咪，來吃這個吧！

等等！

This dance is very popular these days.
這支舞最近很受歡迎。

不行！這種餅乾只會害貓咪生病。

這個呢？

It's nice of you to help the poor cat!
你們幫助了可憐的貓咪，真是太棒了！

妳什麼時候記住的？

我只要看過一次都能記起來。

possible

形 可能的

How was it **possible** to get
the ticket?
怎麼可能買得到那張票？

post

動 投寄（郵件）、郵寄　名 郵政

I have to **post** this letter.
我得去寄這封信才行。

How was it possible to get the ticket?
怎麼可能買得到那張票？

我們排了 4 個小時耶，
妳是怎麼買到的？

4 個小時？

我從 4 天前就在那裡等了！

**I have to post this letter.
Where is the post office?**
我得去寄這封信才行。
請問郵局在哪裡？

請向左走
就到了。

哥，這隻手是左手對吧？

不對，是右手。

The post office is not that way!
郵局不是那個方向！

pour

動 倒、灌注

Pour in more cold water, please.
請多倒一些冷水。

power

名 力量、能力、本領

She has the **power** to make us laugh.
她就是有能耐逗我們笑。

P

practice

🔲 練習、訓練　🔲 練習

You need to **practice** every day.
你必須每天練習才行。

present

🔲 禮物

Let's choose a **present** for Mom.
我們來替媽媽挑選禮物。

pretty

形 漂亮的

My sister is **pretty** like a flower.
我妹妹就像花一樣漂亮。

price

名 價格、價錢

I bought this at a cheap **price**.
我用很便宜的價格買到這個。

prize

名 獎賞、獎品

She won the first **prize**.
她得到了第一名（首獎）。

problem

名 問題、難題

I have a **problem** with
my computer.
我的電腦有問題。

promise

名 承諾　動 承諾、答應

Keep your promise.
要說到做到。

proud

形 驕傲的、自豪的

I'm so proud of you.
我真為你感到驕傲。

pull

動 拉、拖

Don't **pull** my hair.
不要拉我的頭髮。

puppy

名 小狗

Can I hold the **puppy**?
我可以抱一下小狗嗎？

push

動 推

Can you **push** the door?
你可以把門推開嗎？

put

動 放、擺

Put the box here.
把箱子放在這裡。

Classroom Objects 教室物品

notebook
筆記本

pen
筆

eraser
橡皮擦

stapler
釘書機

scissors
剪刀

colored pencil
彩色鉛筆

paper
紙張

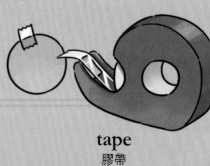

tape
膠帶

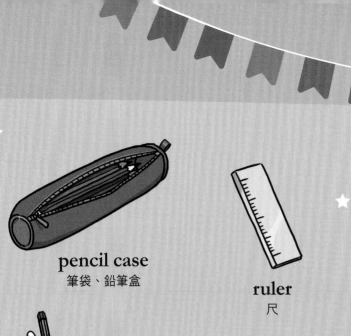

pencil case
筆袋、鉛筆盒

ruler
尺

marker
麥克筆

pencil
鉛筆

paint
顏料

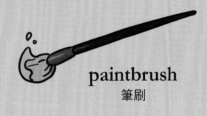

paintbrush
筆刷

glue
膠水

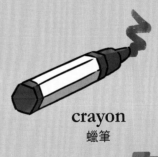

crayon
蠟筆

queen

名 女王

She is the **queen** of England.
她是英國女王。

question

名 問題

Do you have any **questions**?
你們有問題嗎?

quick

形 快速的、迅速的

It's **quick** to go by subway.
搭地鐵去比較快。

quiet

形 安靜的、寧靜的

The office is too **quiet**.
辦公室太安靜了。

It's quick to go by subway.
搭地鐵去比較快。

列車即將出站。

You were really quick.
哇,真的很快。

喔耶,我今天是第一個到公司的。

The office is too quiet.
辦公室太安靜了。

你在這裡做什麼?

為什麼都沒有人來?

因為今天是星期天啊。

24 SUNDAY

啊,對吼!

race

名 比賽、競賽

The **race** starts in an hour.
比賽再 1 個小時就開始。

The race starts in an hour.
比賽再 1 個小時就開始。

It's thirty minutes before the race.
距離比賽還剩 30 分鐘。

It's ten minutes before the race.
距離比賽還剩 10 分鐘。

rain

動 下雨

It may **rain** this afternoon.
今天下午可能會下雨。

燕子低空飛過。

青蛙正在鳴叫。

It may rain this afternoon.
今天下午可能會下雨。

It' raining now!
現在下雨了耶！

reach

动 抵達、到達、（伸手）觸及

I can't **reach** the top shelf.
我碰不到最上面的架子。

read

动 閱讀

Shall I **read** you a story before you sleep?
睡覺前要不要我唸個故事給你聽？

ready

形 準備好的

Are you **ready** to go out?
你準備好要出門了嗎？

real

形 真正的　副 really 真的、實際上

Is this your **real** hair?
這是你的真髮嗎？

receive

動 收到、得到

I **received** this discount coupon.
我收到了這張折價券。

recipe

名 食譜、配方

I found a special **recipe**.
我找到一個特別的食譜。

recycle

動 回收利用

We should **recycle** paper.
我們應該要回收紙類。

refrigerator

名 冰箱

Take out the milk from
the **refrigerator**.
拿出冰箱裡的牛奶。

唉唷！珠理！那些全都是紙嗎？

媽⋯
媽媽！

We should recycle paper!
我們應該要回收紙類。

這全是⋯考卷嗎？

Take out the milk from
the refrigerator.
拿出冰箱裡的牛奶。

Take out the juice from
the refrigerator.
拿出冰箱裡的果汁。

妳要喝什麼？

兩個都要喝。

留一點給我啦！

remember

動 記得、回憶起

Do you **remember** the password?
你記得密碼嗎？

repeat

動 重說、重複

Can you **repeat** that?
你可以重複一遍嗎？
（你可以再說一次嗎？）

reply

動 回答、答覆

Reply to my question.
回答我的問題。

rest

名 休息　動 休息

You should get some **rest**.
你需要休息一下。

restaurant

名 餐廳

There's no **restaurant** here.
這裡沒有餐廳。

restroom

名（公共場所的）廁所

Where is the **restroom**?
廁所在哪裡？

result

名 結果

Are you happy with the **result**?
你滿意這個結果嗎？

return

動 回來、回去

When you **return** home,
wash your hands first.
當你回到家要先去洗手。

rice

名 米、飯

I only ate **rice** and Kimchi for lunch.
我中午只吃了白飯和韓式泡菜。

rich

形 有錢的、富有的

My dream is to get **rich**.
我的夢想就是變有錢。

ride

動 騎乘　名 騎（馬、自行車等）

Can you **ride** a horse?
你會騎馬嗎？

right

形 對的、正確的

It's not **right** to lie.
說謊是不對的。

ring

名 戒指

....

Dad lost his wedding **ring**.
爸爸把結婚戒指弄丟了。

river

名 江、河

....

I need to cross this **river**.
我得過這條河。

road

名 路、道路

There are so many cars on the **road**.
路上的車太多了。

rock

名 岩石、石頭

Can you move that large **rock**?
你能搬得動這顆大石頭嗎？

R

roll

動 滾動、打滾

Roll over.
滾一下！

room

名 房間

I wish I had a lot of **rooms**.
我希望能有很多房間。

round

形 圓的　(比較級) rounder 更圓的

She has a **round** face.
她有一張圓臉。

rude

形 粗魯的、無禮的

Don't be **rude**.
不要那麼失禮。

rule

名 規則、規定

Do you know the **rules**
of baseball?
你懂棒球規則嗎？

run

動 奔跑

He can **run** really fast.
他跑得真的很快。

Sports 運動

skiing
滑雪

ice-skating
滑冰、溜冰

baseball
棒球

basketball
籃球

soccer
足球

42.195km

marathon
馬拉松

bowling
保齡球

tennis
網球

boxing
拳擊

weight lifting
舉重

volleyball
排球

golf
高爾夫球

fencing
擊劍、劍術

badminton
羽毛球

swimming
游泳

table tennis
桌球

sad

形 傷心的

Do I look **sad**?
我看起來很傷心嗎？

safe

形 安全的

Is it **safe** to swim here?
這裡游泳安全嗎？

S

salt

名 鹽

Put **salt** on, and it tastes better.
加點鹽會更好吃。

same

形 一樣的、同樣的

We are of the **same** age.
我們同年。

sand

名 沙

....

I have **sand** in my eyes.
我的眼睛進沙了。

save

動 救、節省

....

A dog **saved** a person's life.
有隻狗拯救了一個人的性命。

say

動 說

Say your name.
報上你的名來。

scared

形 害怕的、不敢的

Don't be scared.
別害怕。

schedule

名 行程、時間表

She has a busy **schedule** today.
她今天的行程很忙。

school

名 學校

What **school** do you go to?
妳上哪間學校？

science

名 科學

We have **science** class today.
我們今天有科學課。

score

名 分數、得分、比數　動 得分

The **score** was two to three.
比數是二比三。

We have science class today.
我們今天有科學課。

We have science class today.
我們今天有科學課。

珠理竟然會喜歡科學課…是怎麼了？

果然…

哪一隊贏了？

The score was two to three.
比數是二比三。

Did our team score three points?
我們隊得了三分嗎？

太好了！

不，贏的是另一隊。

sea

名 海、海洋

He likes swimming in the **sea**.
他喜歡海泳。

season

名 季節

Which **season** do you like?
你喜歡哪個季節？

seat

名 座位、位子

Take your **seat**, please.
請坐好。

secret

名 祕密

I'm going to tell Mom your **secret**.
我要把你的祕密告訴媽。

see

動（saw - seen）看

Did you **see** the movie?
你看過那部電影了嗎？

sell

動 賣

Do you **sell** fish?
你有賣魚嗎？

send

動 寄送、發送

Send her a text message.
傳個簡訊給她吧！

serious

形 嚴重的

You made a serious mistake.
你犯了嚴重的錯。

shake

動 搖動、晃動、抖動

Don't **shake** your legs.
你不要抖腳。

shape

名 形狀、樣子、外型

What **shape** is it?
這是什麼形狀？

S

share

動 共用、共享、分享

I **share** a room with my brother.
我和哥哥共用一個房間。

ship

名 船、艦

He left for the U.S. by **ship**.
他是搭船去美國的。

S

shock

名 衝擊、震驚

The news is a **shock**.
那消息真令人震驚。

shoe

名 鞋子

I've lost a **shoe**.
我弄丟了一隻鞋子。

shop

名 商店、店家

The **shop** is closed.
這間店關門了。

short

形 短的、矮的　（比較級）**shorter** 更短的

My shirt got **shorter**.
我的襯衫變短了。

shout

動 呼喊、喊叫

Don't **shout** at me.
別對我大呼小叫。

show

動 展現、讓～看

She **showed** me her photo album.
她讓我看了她的相簿。

shower

名 淋浴、淋浴間、淋浴器

He's in the **shower**.
他正在洗澡（淋浴）。

shut

動 關

Please **shut** the window.
請你關上窗戶。

shy

形 害羞的、靦腆的

I am a **shy** boy.
我是個害羞的少年。

sick

形 生病的、不舒服的

She's **sick** with a cold.
她感冒不舒服。

side

名 邊、側、面

Cross over to this **side**.
過來這邊。

sign

名 標牌、標誌、招牌

Can you see that traffic **sign**?
你看得到那個交通號誌嗎？

simple

形 簡單的、單純的

This is **simple** to use.
這很容易使用。

sing

動 唱歌

This singer **sings** very well.
這位歌手很會唱歌。

This is simple to use.
這很容易使用的。

This singer sings very well.
這位歌手很會唱歌。

sit

動 坐

Can I **sit** here?
我可以坐這裡嗎？

size

名 大小、尺寸

What **size** do you wear?
你穿什麼尺寸？

skill

名 技術、技能、能力

Do you have any special **skills**?
你有什麼特殊技能嗎？

sky

名 天空

The **sky** will be clear tomorrow.
明天天空應該會放晴。

S

sleep

動 睡覺

I **sleep** by night and
sleep by day, too.
我晚上睡覺，白天也睡覺。

slide

動 滑動、滑落　名 滑梯

Slide down.
滑下來。

slow

形 緩慢的、遲緩的

Why is the computer so **slow**?
電腦怎麼這麼慢？

small

形 小的

Does it still look **small**?
還是覺得它看起來很小嗎？

smart

名 聰明的、伶俐的

Isn't my cat really **smart**?
不覺得我的貓真的很聰明嗎？

smell

動 聞、嗅、散發～的味道

I **smell** gas.
我聞到瓦斯味。

S

smile

動 笑、微笑

She **smiled** at me.
她對我笑了。

smoke

名 煙、煙霧

The kitchen is full of **smoke**.
整個廚房都是滿滿的煙。

snow

動 下雪　名 雪

It **snowed** all day.
下了一整天的雪。

so

副 非常、好～、這麼、多麼

This baby is **so** cute.
這個寶寶好可愛。

soccer

名 足球

He's a famous **soccer** player.
他是個有名的足球選手。

sock

名 襪子

I'm looking for my **socks**.
我正在找我的襪子。

soft

形 柔軟的

It feels so **soft**.
感覺真的好柔軟。

solve

動 解答、解決

I can **solve** this puzzle ring.
我可以解開這個益智環。

some

形 一些、一部分的、若干

Can I borrow **some** books?
我可以借一些書嗎？

someday

副（未來的）某天、總有一天

I want to go to the South Pole **someday**.
總有一天我要去南極。

someone

代 某人、有人

There is **someone** in the house.
有人在房子裡面。

son

名 兒子

You have a wonderful **son**.
妳有一個很棒的兒子。

soon

副 馬上、不久後

We'll be there **soon**.
我們馬上就到那裡。

sorry

形 感到抱歉的、感到遺憾的

I'm **sorry** about yesterday.
昨天的事情我很抱歉。

sound

名 聲音、聲響

....

I hear a strange **sound**.
我聽見奇怪的聲音。

sour

形 酸的

....

Isn't it too **sour**?
這不會太酸嗎？

south

名 南、南方　形 南方的

....

Let's go to the warm **south**.
我們去溫暖的南方吧！

space

名 空間、空位

....

There's no **space** to park.
沒位子可以停車。

speak

動 說話、講話

I'm **speaking** with her.
我正在跟她講話。

special

形 特別的

Do you have a **special** menu for kids?
你們有兒童特餐嗎？

speed

名 速度、速率

He's running at full **speed**.
他正在用全速奔跑。

spend

動 花（時間）、度過

I'll **spend** the weekend with my friends.
週末我要和朋友們一起度過。

spicy

形 辛辣的、有刺激性的

. . . .

I like eating **spicy** food.
我喜歡吃辣的食物。

sport

名 運動

. . . .

What **sports** do you like to play?
你喜歡做什麼運動？

I like eating spicy food.
我喜歡吃辣的食物。

I like eating spicy food.
我喜歡吃辣的食物。

我比妳更喜歡！　　才怪，我比你更喜歡！

It's too spicy.
太辣了。

快給我吃掉！

What sports do you like to play?
妳喜歡做什麼運動？

我嗎？

我喜歡打網球！

你呢？

嗯…

Brain sport.
腦部運動。

That's not a sport!
那才不是運動好嗎！

S

spring

名 春天

Spring is coming.
春天來了。

square

形 正方形的　名 正方形

Make this apple into
a **square** shape.
把這顆蘋果變成正方形。

stair

名 樓梯

I'll take the **stairs** instead of the elevator.
我要走樓梯來代替搭電梯。

stand

動 站著、站

Stand up.
起立。

star

名 星星

Stars are very far away.
星星離（我們）很遠。

start

動 出發、開始

When do we **start**?
我們什麼時候出發？

station

名 車站

Where is the next **station**?
下一站是哪裡？

stay

動 停留、留下

I will **stay** home if it rains.
如果下雨，我就留在家裡。

step

名 腳步

Walk five **steps** forward.
往前走五步。

stick

名 枝條、棍子

Go get some dry **sticks**.
去撿一些乾樹枝。

still

副 仍舊、還

She's **still** sleeping.
她還在睡覺。

stomach

名 胃、肚子　名 stomachache 胃痛、肚子痛

My **stomach** hurts.
我肚子痛。

stone

名 石頭

Don't throw a **stone** into the pond.
不要把石頭丟到池塘裡。

Don't throw a stone into the pond!
不要把石頭丟到池塘裡。

為什麼？

Frogs can be hit by the stone.
青蛙說不定會被石頭打中。

是我被打中。

stop

動 停止、中止

Stop picking your nose.
別再挖鼻孔了。

嘻嘻嘻。

太痛快了，嘿嘿嘿～

Stop picking your nose.
你別再挖鼻孔了。

啊啊！ I can't stop the bleeding.
我止不住血。

快把手指
插回去！

store

名 店家、商店

He's already in the **store**.
他已經在店裡了。

story

名 故事、傳聞

I heard the **story** from a friend.
我從朋友那裡聽說那件事了。

straight

副 直接、立刻、馬上

Go **straight** home.
直接回家。

strange

形 奇怪的、陌生的

I had a **strange** dream.
我做了一個奇怪的夢。

stranger

名 陌生人、不認識的人

You shouldn't follow **strangers**.
你們不能跟陌生人走。

street

名 街道

I saw him on the **street**.
我在街上有看到他。

strong

形 強壯的、強大的

She's extremely **strong**.
她的力氣超級大。

student

名 學生

I'm a high school **student**.
我是一個高中生。

study

動 學習、用功、K 書

She went to the library to **study**.
她去圖書館 K 書了。

stupid

形 愚笨的、愚蠢的

I'm not that **stupid**.
我才沒那麼笨。

subject

名 科目、主題

My favorite **subject** is P.E.
我最喜歡的科目是體育。

subway

名 地下鐵、地鐵

Let's take the **subway**.
我們去搭地鐵吧！

sugar

名 砂糖

Don't put too much **sugar**.
別加太多糖。

summer

名 夏天

This **summer** is already so hot.
這個夏天已經這麼熱了。

sun

名 太陽、陽光

The **sun** is high up in the sky.
太陽已經高掛天空。

supper

名（簡易的）晚餐

Do you want to have **supper**?
你要吃晚餐嗎？

sure

形 確信的、有把握的

Are you **sure**?
你確定嗎？

surprise

名 令人驚訝的事、令人意外的事

We're having a **surprise** party for you.
我們幫妳準備了驚喜派對。

sweet

形 甜的

I like anything **sweet**.
我喜歡甜食。

swim

動 游泳

I want to learn how to **swim** well.
我想學好游泳。

swimsuit

名 泳衣

Change into your **swimsuit**.
換上你的泳衣。

switch

名 開關、轉換

Turn on the **switch**.
開關、轉換

Zoo Animals 動物園的動物

cheetah
獵豹

tiger
老虎

lion
獅子

ostrich
鴕鳥

kangaroo
袋鼠

hippo
河馬

elephant
大象

snake
蛇

bat
蝙蝠

zebra
斑馬

giraffe
長頸鹿

deer
鹿

koala
無尾熊

polar bear
北極熊

monkey
猴子

panda
大貓熊

table

名 桌子、餐桌

Help me set the **table**.
幫我擺一下餐具。

take

動（took-taken）抓、握

He **took** my arm.
他抓著我的手臂。

talk

動 談話、講話

Can I **talk** to you for a minute?
我可以跟你談一下嗎？

tall

形 身材高的、高大的

I live on the hundredth floor
of that **tall** building.
我住在那棟高樓的 100 樓。

taste

動 有…的味道、品嚐　名 味道

This pizza **tastes** sweet.
這塊披薩吃起來是甜的。

teach

動 教

I'll **teach** you how to cook.
我來教你做菜。

team

名（比賽等的）隊伍

Which **team** will win the race?
哪一隊會贏得這場比賽呢？

Red Team vs. Blue Team
紅隊對上藍隊，

Which team will win the race?
哪一隊會贏得這場比賽呢？

I'll bet to the blue team.
我賭藍隊贏。

I'll bet to the blue team, too.
我也賭藍隊贏。

太過份了吧！

tease

動 取笑、欺負

Stop **teasing** your little sister.
別再取笑你妹了。

愛哭鬼，喝涼水！

嗚啊啊！

Stop teasing your little sister!
別再取笑你妹了！

Why should I stop teasing her?
為什麼我不能取笑她？

因為有一天你妹的力氣會比你還大。

teen

名 青少年　（同義字）teenager

This song is popular with **teens**.
這首歌很受青少年歡迎。

tell

動 告訴、說

Tell the truth.
說實話。

test

名 考試

Did you do well on your **test**?
你考得還好嗎？

textbook

名 課本

I didn't bring my **textbook**.
我沒帶課本。

than

介 比～

....

I'm older **than** you.
我年紀比你大。

thank

動 感謝

....

Thank you for coming.
謝謝你們過來。

there

副 在那裡、到那裡

I'm going **there** with you.
我要和你一起去那裡。

thick

形 厚的

You should wear **thick** clothes.
你該穿上厚衣服的。

thin

形 薄的、瘦的

He's tall and **thin**.
他又高又瘦。

thing

名 東西、物品

I don't like sweet **things**.
我不喜歡甜食。

think

動 想、認為

What do you **think** of Juri?
你認為珠理如何？

thirsty

形 渴的

Are you **thirsty**?
你會渴嗎？

throat

名 喉嚨、咽喉

I have a sore **throat**.
我喉嚨痛。

through

介 穿過、通過

We are passing **through** the tunnel.
我們正在穿越隧道。

throw

動 投、扔

Throw the ball, please.
請把球扔過來。

ticket

名 票、入場券

You need a **ticket** to enter.
你要有票才能入場。

tie

動 綁、紮

Tie my hair, please.
請幫我綁頭髮。

tight

形 緊繃的、緊身的

This shirt seems tight on me.
這件襯衫對我來說好像太緊了。

time

名 時間、時刻

What time is it?
現在幾點？

tired

形 疲倦的、疲累的

I feel tired all the time.
我一直覺得好累。

to

介 在向、往、到

Is she going to come again **to** our bakery?
她還會再來我們的麵包店嗎？

today

副 今天

How about pizza **today**?
今天吃披薩如何？

together

副 一起、共同

Let's ride it **together**.
我們一起騎吧！

tomorrow

副 明天

It's going to rain **tomorrow**.
明天會下雨。

tonight

副 在今晚　名 今晚

Will we see a shooting star **tonight**?
今晚我們能見到流星嗎？

too

副 也、太

I think so, **too**.
我也這麼認為。

tooth

名 牙齒　（複數型）teeth

I hate brushing my **teeth**.
我討厭刷牙。

top

形 最高的　名 山頂、頂部

Let's go up to the **top** floor.
我們爬到頂樓吧！

touch

動 觸摸、碰到

Don't **touch** my stuff.
別碰我的東西。

tower

名 塔、高樓

Have you ever been to
the Eiffel **Tower**?
你有去過艾菲爾鐵塔嗎？

toy
名 玩具

Have my old **toys**.
我的舊玩具給你。

train
名 火車

Is this the **train** for Gushan?
這班火車是開往鼓山的嗎？

trash

名 垃圾

Don't throw **trash** here.
不要把垃圾丟到這裡。

tree

名 樹木

Don't jump out of the **tree**.
不要從樹上跳下來。

trip

名 旅行

We're going on a **trip**.
我們現在要去旅行。

trouble

名 問題、麻煩

Don't cause **trouble**
while I'm away.
我不在的時候別惹麻煩。

true

形 真實的、真的

The news was not **true.**
這消息不是真的。

try

名 努力、嘗試

Let me **try.**
我來試試看。

turn

名 順序、一輪

Wait your **turn**.
等輪到你時（再說）。

twice

名 兩次

I read this book **twice**.
這本書我看了兩次。

Vegetables 蔬菜

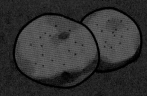

potato
馬鈴薯

cucumber
小黃瓜

garlic
大蒜

chili pepper
辣椒

radish
白蘿蔔

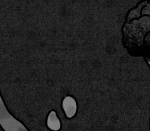

bean
豆

broccoli
青花菜

eggplant
茄子

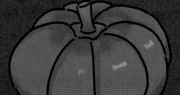

pumpkin
南瓜

bell pepper
青椒

spinach
菠菜

lettuce
萵苣

cabbage
高麗菜

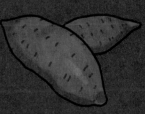

sweet potato
地瓜、番薯

zucchini
櫛瓜

corn
玉米

tomato
番茄

carrot
胡蘿蔔

onion
洋蔥

umbrella

名 雨傘

I didn't bring my **umbrella**.
我沒帶雨傘。

uncle

名 叔叔、伯伯

Where does your **uncle** live?
你叔叔住哪？

under

介 在～下面

Your cell phone is **under** the bed.
你的手機在床底下。

understand

動 了解、懂

I don't **understand** your question.
我不懂你的問題。

uniform

名 制服

I'm wearing my school **uniform**.
我穿著我的學校制服。

until

連 直到～（時候）

Wait **until** I come back.
等到我回來。

up

介副 往上、向上、在～之上

I can't go **up** anymore.
我再也沒辦法往上爬了。

Let's climb up the stairs!
我們來爬樓梯吧！

呼⋯　呼⋯

呼⋯　呼⋯

I can't go up anymore.
我再也沒辦法往上爬了。

You went up just one floor.
你也才爬了一層好嗎。

upset

形 生氣的、苦惱的

Tell me why you're so **upset**.
告訴我你為什麼那麼生氣。

Tell me why you're so upset.
告訴我妳為什麼那麼生氣。

因為我的泡麵裡面沒有雞蛋！

那個⋯

是妳把我們家的蛋全吃光了才會這樣吧！

Don't be upset!
不要生氣啦！

upstairs

副 往樓上、在樓上

Go **upstairs**.
上樓。

use

動 用、使用、利用

You can **use** my notebook.
你可以用我的筆記本。

useful

形 有用的、有幫助的

That's very **useful** information.
這真是很有用的情報。

我跟妳說，那間超市真的是最便宜的～

哎呀！真的嗎？

That's very useful information.
這真是很有用的情報呢。

SUPERMARKET

結束營業。感謝您的支持。

CLOSED

It was useful until yesterday.
一直到昨天為止都還很有用。

結束營業。感謝您的支持。

CLOSED

usual

形 平常的、通常的

I got up earlier than **usual**.
我起的比平常還要早。

嗯～睡得真飽！

啊！才 6 點耶！

I got up earlier than usual.
我起的比平常還要早呢。

現在不是早上 6 點，

是晚上 6 點了。

PM 6:00

啊…

vacation

名 放假、休假、假期

Are you done with your **vacation** homework?
你的放假作業做完了嗎？

vegetable

名 蔬菜

Is the tomato a fruit or a **vegetable**?
番茄是水果還是蔬菜？

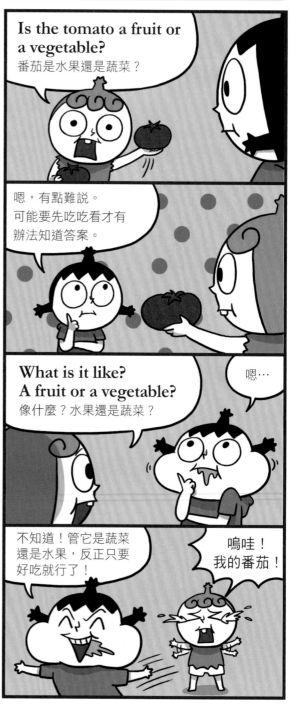

very

圖 非常、很

Thank you **very** much.
非常感謝你。

vet

名 獸醫師　（同義字）veterinarian

Let's take the dog to the **vet**.
我們帶狗去看獸醫吧！

Thank you very much!
非常感謝你！

?

Thank you very very much!
真的非常感謝你！

謝我什麼？

好，現在我都謝完了，
你就借我點錢吧！

我沒錢耶…

快把我的感謝還來！

呃啊！那種東西
是要怎麼還啦！

我們家的狗生病了。

Let's take the dog to the vet.
我們帶狗去看獸醫吧！

呃…

怎麼會這麼重…

We should see a doctor before going to the vet.
看來去看獸醫前，
我們得先去看醫生了。

view

名 景色、視野

We'd like a room with a nice **view**.

我們想要一間視野好的房間。

village

名 村莊

There lived a pretty girl in a small **village**.

在某個小村莊裡，住著一位漂亮的少女。

visit

動 參觀、拜訪

I'll **visit** my uncle in Paris.
我要去拜訪住在巴黎的叔叔。

voice

名 聲音、嗓音

Raise your **voice**.
你講大聲一點。

artist
畫家

singer
歌手

reporter
記者

doctor
醫師

police officer
警察

judge
法官

teacher
老師

lawyer
律師

pilot
飛行員／機師

cook
廚師

author
作家

dentist
牙醫師

vet
獸醫師

engineer
工程師

firefighter
消防員

athlete
運動員

wait

動 等待

Wait a minute.
等一下。

wake

動 起床、起來

Why didn't you wake me up?
你為什麼不叫我起床？

walk

動 走　　名 走路、步行、散步

We **walked** a lot today.
我們今天走了很多路。

wall

名 牆壁

Let's put this poster on the **wall**.
我們把這張海報貼在牆上吧！

wallet

名 錢包

I don't have money in my **wallet**.
我錢包裡沒錢了。

want

動 想要、想～

I don't **want** to wear this hat.
我不想戴這頂帽子。

war

名 戰爭

I like **war** movies.
我喜歡戰爭片。

warm

形 溫暖的

Take a **warm** bath before bed.
睡覺前先去洗個熱水澡吧！

wash

動 清洗

We must **wash** our hands before eating.
我們在吃東西前要先去洗手。

waste

動 浪費

Don't **waste** time.
不要浪費時間。

watch

動 觀看、注視

Don't **watch** me so closely.
別這麼近的看著我。

water

名 水

They are like oil and **water**.
他們就像油和水一樣。

waterproof

形 防水的

My cell phone is **waterproof**.
我的手機是防水的。

wave

名 波、波浪

The big **wave** is coming.
大浪來襲了。

way

名 道路、方法

This is the best **way**.
這是最好的方法。

weak

形 虛弱的、軟弱無力的

I'll train these **weak** boys.
我要來訓練一下那些虛弱的男生。

W

wear

動 穿、戴

I'll **wear** my underclothes.
我要來穿個內衣。

weather

名 天氣

How's the **weather** outside?
外面的天氣怎麼樣？

week

名 週、一週

Just wait one more **week**.
還要再等一週。

weekend

名 週末

He goes out every **weekend**.
他每個週末都會外出。

weight

名 重量、體重　動 weigh 有～的重量

What is your **weight**?
你的體重多重？

welcome

動 歡迎

Welcome to our house.
歡迎來我們家。

well

副 很好的、滿意的

I really want to dance **well**.
我真的很想把舞跳好。

I really want to dance well.
我真的很想把舞跳好。

She dances very well.
她跳得很好。

是嗎？

Watch well what I do.
看好了我是怎麼跳的。

我才不要這種舞勒⋯

west

名 西邊、西方

The sun sets in the **west**.
太陽從西邊落下。

Is this the west?
這是西邊嗎？

不是，那是東邊。

Then, this is the west.
那這就是西邊囉。

Why are you finding
the west?
你幹嘛找西邊呢？

Because the sun sets
in the west.
因為太陽從西邊落下呀。

W

wet

形 濕的

Take off your **wet** clothes.
把你的濕衣服脫掉。

what

代 什麼、什麼東西

What are all these?
這些都是什麼？

wheel

名 輪子

How many **wheels** does a motorcycle have?
摩托車有幾個輪子？

when

副 什麼時候

When will she come?
她什麼時候會來？

two hundred and three • 203

where

副 在哪裡、往哪裡

Where are you going?
你正要去哪裡？

which

代 哪一個、哪一些

Which is better?
哪一件比較好？

while

連 當～的時候

Don't disturb Dad **while** he's resting.
爸爸休息的時候別去吵他。

white

形 白的、白色的 （比較級）whiter 更白

You look great in a **white** shirt.
你穿白襯衫真好看。

W

who

代 誰

Tell me **who** you are.
說你是誰。

why

副 為什麼

Why are you alone?
你為什麼自己一個人？

wide

形（寬度）大　副 寬的、充分的

She has a **wide** mouth.
她有一張大嘴巴。

那有辦法一口塞嗎？

She opens her mouth wide!
她把嘴巴張得真大！

She has a wide mouth.
她有一張大嘴巴。

wife

名 太太、老婆

I'm looking for a gift for my **wife**.
我正在找要送給我太太的禮物。

I'm looking for a gift for my wife.
我正在找要送給我太太的禮物。

這條絲巾怎麼樣？

有更強烈一點的嗎？

這超強烈的！

超帥～♡

我太滿意了！

wild

形 野生的

Watch out for **wild** animals.
小心野生動物。

win

動 贏

I didn't **win** the prize.
我沒有贏得獎項。

W

wind

名 風

The **wind** was really strong.
這風真的好強。

window

名 窗戶

Look out the **window**.
看窗外。

wing

名 翅膀

Angels have **wings**.
天使們有翅膀。

winter

名 冬天

I feel blue in the **winter**.
在冬天我會感到憂鬱。

wish

名 希望、願望　動 希望、可望

Make a **wish**.
許個願望。

with

介 和～一起

Come see the doctor **with** me.
跟我一起去看醫生。

without

介 沒有～

I can't see **without** my glasses.
我沒有眼鏡看不到。

woman

名 女人、（成年）女性

Juri is a brave **woman**.
珠理是個勇敢的女人。

wonder

動 想知道

I **wonder** if he'll really come.
我想知道他是不是真的會來。

wonderful

形 精彩的、美妙的、極好的

I'm having a **wonderful** time.
我正在享受一個美好的時光。

W

wood

名 樹木、木材

Many things around us are made of **wood**.

我們身邊有很多東西都是用樹木做成的。

word

名 單字、詞

I don't know this English **word**.

我不知道這個英文單字。

work

動 工作　名 工作

She **works** in a hair shop.
她在美髮院工作。

world

名 世界

I want to travel around the **world**.
我想去環遊世界。

She works in a hair shop.
她在美髮院工作。

It's really hard work.
那是個辛苦的工作。

為什麼？

因為什麼奇怪的客人都有。

幫我剪好看一點。

…什麼？

I want to travel around the world.
我想去環遊世界。

要去環遊世界，
就得先去工作賺錢才行。

我才不需要那麼做。

我只要在夢裡旅行就好了。

W

worry

動 擔心、憂愁

Don't **worry**.
別擔心。

wrap

動 包裝、打包

Can you **wrap** this for me?
這個可以幫我打包嗎？

write

動 寫

Juri is **writing** something on the calendar.
珠理正在月曆上寫東西。

wrong

形 錯誤的、不對的

We're going the **wrong** way.
我們走錯路了。

year

名 年

What will you do this **year**?
你今年要做什麼？

yesterday

副 昨天

I was sick **yesterday**.
我昨天不舒服。

yet

副 還

I'm not ready **yet**.
我還沒準備好。

young

形 幼小的，年輕的

What was he like when he was **young**?
他小時候是個什麼樣的人？

zebra

名 斑馬

You look just like a **zebra**.
你看起來就好像斑馬。

zero

名 零、0

The temperature outside is
below **zero**.
外面的氣溫是零度以下。

zone

名 地區、地帶、區域

This is a no parking **zone**.
這裡是禁止停車區域。

zoo

名 動物園

This is a fantasy **zoo**.
這裡是幻想動物園。

The Weather 天氣

warm 溫暖的

cool 涼爽的

rainy 下雨的

hot 炎熱的

cold 寒冷的

thunder storm 雷雨交加

sunny 晴朗的

snowy 下雪的

stormy 下暴風雨

cloudy 多雲的

foggy 起霧的

windy 颳風的

Places in Town 城市裡的場所

麵包店

玩具店

寵物店

電影院

超級市場

圖書館

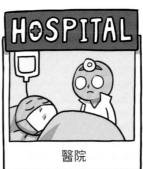
醫院

郵局

銀行

警察局

餐廳

加油站

公園

消防局

爆笑英語王(第2彈)：用4格爆笑漫畫完記單字與句子

作　　者：Shin Tae Hoon, Na Seung Hun
審　　訂：Joyce Song
譯　　者：賴毓棻
企劃編輯：王建賀
文字編輯：江雅鈴
設計裝幀：張寶莉
發 行 人：廖文良

發 行 所：碁峰資訊股份有限公司
地　　址：台北市南港區三重路66號7樓之6
電　　話：(02)2788-2408
傳　　真：(02)8192-4433
網　　站：www.gotop.com.tw
書　　號：ALE004300
版　　次：2021 年 04 月初版
　　　　　2023 年 12 月初版十二刷
建議售價：NT$380

國家圖書館出版品預行編目資料

爆笑英語王. 第 2 彈：用 4 格爆笑漫畫完記單字與句子 / Shin Tae
　Hoon, Na Seung Hun 原著；賴毓棻譯. -- 初版. -- 臺北市：碁峰
　資訊, 2021.04
　　面；　公分
　　ISBN 978-986-502-738-4(平裝)
　　1.英語　2.詞彙　3.句法　4.漫畫
805.12　　　　　　　　　　　　　　　　　　110001642